LA

FLEUR DES CHAMPS

—

2ᵉ SÉRIE PETIT IN-8ᵒ

LA
FLEUR DES CHAMPS

SUIVI

DE DIVERS AUTRES CONTES

PAR

M. LOUIS DE TESSON

TOURS

ALFRED MAME ET FILS, ÉDITEURS

—

M DCCC LXXXV

LA

FLEUR DES CHAMPS

Une fleur des champs s'était glissée, à la faveur de je ne sais quelle distraction ou quel caprice de jeune femme, dans un riche bouquet où l'œillet, la rose, le camélia luttaient d'éclat et d'élégance; c'était, je crois, une simple centaurée. Les autres fleurs, grandes dames très fières de leur origine aussi bien que de leur fastueuse existence, détournaient la tête, et témoignaient à l'étrangère le plus profond dédain.

« Naître au milieu des champs, disaient-elles, parmi la foule des plantes vulgaires; végéter dans un sol maigre à peine remué une fois l'an; ne fleurir un instant que pour se charger aussitôt de fruits nombreux et incommodes; vivre loin de toute louange et de tout regard admirateur ; se suffire à soi-même, et, pour ainsi dire, se complaire dans son indigence : quel pitoyable destin ! »

Vivre grassement dans la serre ou le jardin ; ne fleurir que pour un petit nombre de spectateurs délicats ou privilégiés ; exiger les soins constants et attentifs d'un habile jardinier ; s'appuyer mollement sur un tuteur ; s'abriter sous un parasol ; ne pouvoir supporter ni le froid ni le chaud, ni le vent ni la pluie ; ne servir qu'aux amusements et jamais aux besoins du maître ; refuser ses fruits ou les donner chichement, avec mille façons, et comme par faveur ; s'offusquer du moindre conctact : c'était bien plus distingué !

Par le plus grand des hasards, le bouquet tomba entre les mains d'une jeune dame qui affectionnait avant tout la grâce naïve, la modestie, la simplicité, et qui estimait toutes choses, non pour leur éclat, mais pour leur utilité. Cette dame, ayant d'ailleurs étudié la science qui traite de la nature des végétaux, de leurs instincts, de leurs origines, de tout ce qui constitue leur essence, leur perfection, leurs fonctions et leurs harmonies, se souciait peu des plantes difformes de nos parterres, si richement parées qu'elles ne peuvent se soutenir. Elle distingua la fleur des champs, la vit avec bienveillance, et, l'ayant mise à part, livra toutes les autres au caprice d'enfants destructeurs qui les eurent bientôt effeuillées et meurtries.

Nous plaindrions plus volontiers leur sort, si elles eussent été moins orgueilleuses.

———————

LA ROSE DE NOEL

On était au mois de janvier, la neige couvrait la terre. Caroline, enfant de dix ans, aussi habile à semer sur la mousseline légère les fleurs des champs et les élégants caprices de son aiguille, qu'à façonner les vêtements de bure que le vieillard indigent oppose aux rigueurs de l'hiver, avait préparé de charmantes broderies pour les offrir à sa mère, le jour de sa fête; mais elle eût voulu y joindre un bouquet de fleurs vraies. Quelques roses, de celles qu'on nomme *remontantes*, lui avaient longtemps laissé l'espérance d'un modeste bouquet pour la *Sainte-Geneviève*; mais les dernières gelées les avaient flétries sans pitié, comme tout ce qui avait essayé une lutte inégale contre le terrible hiver.

Caroline conta sa peine au jardinier.

« J'ai pensé à vous et à la fête de notre bonne maîtresse, » dit celui-ci.

Et, l'ayant conduite à l'endroit le moins apparent du parterre, il lui fit voir, sous des lilas dépouillés de feuillage, une fleur simple, à larges pétales, légèrement teinte de rose et de violet, et qui semblait, par sa pâleur, déplorer l'absence du soleil.

« Voilà ce qu'un confrère me donna l'an passé, dit le jardinier; c'est tout ce que notre jardin en deuil peut vous offrir aujourd'hui. »

Caroline, charmée, cueillit la fleur, l'entoura de branches de myrte, et, l'ayant présentée à sa mère, elle y joignit ce compliment :

« Je vous offre les fleurs de la saison, heureuse de pouvoir les tenir toutes dans ma main, de telle sorte qu'aucune ne manque à l'hommage que mon amour dépose sur vos genoux. Puisse cette faible offrande être pour vous l'expression simple et vraie du sentiment qui remplit mon cœur, comme elle représente en ce moment toute la richesse de mon parterre ! »

La mère, après l'avoir tendrement embrassée, lui dit :

« J'ai souvent emprunté le langage des plantes pour te faire goûter d'utiles enseignements. La fleur que tu m'offres aujourd'hui

pourrait m'être un texte fécond en moralités.
Je m'arrêterai à une seule, à cause de l'opportunité que lui donnent les souffrances inséparables de cette rude saison d'hiver. Pourquoi cette fleur t'a-t-elle fait tant de plaisir ?
Pourquoi me charme-t-elle moi-même, malgré son excessive simplicité et son terne coloris ?
c'est qu'en cette morne saison des frimas la nature nous laisse pauvres et dénués. La pauvreté se contente de peu ; pour elle, les rebuts de l'opulence ont souvent une énorme valeur. Ainsi, ma chère enfant, il est en notre pouvoir de faire beaucoup avec peu, avec ce qui nous paraît minime et presque nul lorsqu'il s'agit de nos plaisirs : prenons ce peu dans notre opulence pour le faire passer dans le dénuement d'autrui, et le prodige sera accompli, et dix ne vaudra plus dix, mais mille ; et cent ne vaudra plus cent, mais dix mille ; une fleur du riche printemps aura passé dans le dénuement du triste hiver.

« Mais répétons souvent, bien souvent, cette pratique ; car le nombre des malheureux est grand, et leur vie est un long enchaînement de souffrances et de privations. »

LES INNOVATIONS

M. Forêt venait de mourir, laissant pour unique héritier son fils Oscar, jeune homme de vingt-cinq ans qui bien des fois avait eu le malheur de manquer au respect filial.

Après les derniers devoirs rendus à l'auteur de ses jours, Oscar s'occupa de refaire à sa guise tout ce qui avait existé avant lui sur le domaine paternel. Il fallait réformer au plus vite mille vieilleries, mille abus, mille drôleries surannées qui, du vivant de son père, avaient tenu en haleine sa verve d'opposition systématique. Une vigne encadrant la fenêtre de la maison lui formait, avec quelques abricotiers, une décoration rustique qui déguisait agréablement la pauvreté de son architecture. Oscar débuta dans ses améliorations par la destruction de la vigne, et démasqua ainsi la façade la plus platement insignifiante que jamais le soleil eût regardée en face. A peu de distance de l'habitation s'élevait un rideau de grands arbres deux ou trois fois séculaires; c'était sous leur ombre que, dans les jours de sa vieillesse, M. Forêt venait chercher, après midi, la fraîcheur et le repos; ils avaient le double avantage d'abriter le jardin et d'arrêter agréablement le regard, qui plus loin eût rencontré pour toute perspective un pli de terrain sans étendue et couvert de broussailles. Oscar s'empressa de jeter bas ces antiques témoins de la vie paisible de ses aïeux, et ouvrit ainsi aux vents d'est, très délétères en ce pays, un libre accès sur le jardin et l'habitation. Il en résulta que ses meilleurs arbres fruitiers furent frappés de stérilité, que les primeurs disparurent de sa table, et que pour lui la bise devint plus glaciale, la canicule plus ardente.

Il existait au bout du jardin une maisonnette couverte de lierre où vivait, avec sa Baucis, un vétéran de la domesticité de M. Forêt, fort aimé de tout le voisinage. Mais, comme il fallait de toute nécessité opérer un bouleversement général, Oscar rasa aussi la maisonnette, sans souci de ses habitants; et, par ce seul fait, il perdit l'estime et l'affection de ses plus proches voisins.

Une douve profonde servait de réceptacle aux eaux dont le sol marécageux de la cour et de l'herbage avait été jadis imprégné. Oscar combla la douve, et fit ainsi refluer son contenu jusque dans les caves de la maison, ce qui lui procura l'avantage de pouvoir naviguer à cheval sur ses tonneaux.

Un ancien colon, voisin immédiat du logis, homme excellent, de qui la franchise avait déplu à Oscar, se vit contraint de faire place à un maraudeur hypocrite qui déroba au propriétaire son poisson, son gibier, voire même le miel de ses abeilles et le lait de ses vaches.

Enfin il prit fantaisie au jeune homme de faire disparaître le vieil escalier de granit qui, faisant saillie sur la façade de sa maison, donnait accès aux pièces du premier étage. Mais cette massive construction, fort utile d'ailleurs pour la solidité de l'édifice, dont elle était inséparable, enveloppait la tête d'un roc qui s'incrustait aussi dans le mur de la façade. Pour faire disparaître l'obstacle, il fallut employer la mine. La maison, déjà fort ébranlée par les améliorations successives qu'Oscar lui avait infligées, ne put tenir contre de nouvelles secousses; elle s'affaissa un beau matin sur un superbe mobilier neuf dont le jeune propriétaire l'avait enrichie.

L'oncle d'Oscar, qui déjeunait chez lui ce

jour-là, et qui avait failli trouver la mort sous les ruines du logis, fit à son neveu cette morale :

« Reconnais-tu enfin, mon cher ami, qu'il ne faut pas trop se hâter de faire des siennes lorsque, par la mort d'un bon père, on reste privé du seul conseiller prudent et dévoué qu'il soit donné à la plupart des hommes de rencontrer sur le chemin de la vie? Si aucune nécessité ne nous presse, respectons la scène où s'est accomplie la vie de nos parents, évitons d'altérer ce qui peut encore les rendre présents à notre pensée et raviver leur souvenir. »

LA POIRE

Parmi les bonnes poires, aucune ne résiste aussi longtemps à la corruption que le bon-chrétien. C'est certainement à cause de cela qu'on lui donne le nom honorable sous laquelle nous la connaissons. Les variétés du bon-chrétien sont nombreuses; celle dont il va être question était apparemment le bon-chrétien d'été, fruit excellent et magnifique.

Une belle poire de bon-chrétien se faisait remarquer entre toutes celles de l'espalier. Un merle, en passant, l'entama d'un léger coup de bec. Mais bientôt, profitant de cette première atteinte, la limace vint, en se traînant, agrandir la blessure et se rassasier, pendant une nuit entière, de la chair sucrée de l'excellent fruit; puis ce fut le tour des guêpes; vinrent ensuite les fourmis, suivies des cloportes.

Enfin, lorsque le jardinier voulut cueillir la superbe poire, il ne trouva plus qu'une écorce caverneuse, habitée par la corruption. Voyant sur le même arbre un autre fruit atteint aussi d'une légère blessure, il dit à Norbert, son apprenti :

« C'est par une blessure imperceptible comme celle-ci que la corruption a pénétré dans cette belle poire de bon-chrétien; c'est ainsi qu'elle s'insinue dans nos cœurs. Une imprudence, une faute légère ouvre la voie; puis une faute plus grave, puis un vice suivi d'un autre vice, pénètrent tour à tour par la blessure faite à notre innocence. Défendons-nous avec courage d'une première faute; car, de prévarications en prévarications, celles qui nous inspirent aujourd'hui le plus d'horreur suivront comme d'elles-mêmes, sans rencontrer le moindre obstacle. »

Bien loin de mettre à profit les avertissements de son maître, Norbert fut lui-même un triste exemple de cet entraînement contre lequel on avait voulu le prémunir. Après plusieurs années passées à Paris, il se conduisit de telle sorte qu'une accusation capitale pesa sur sa tête.

Comme on le conduisait en prison, il ramassa tout à coup une grosse pierre, et la lança violemment contre une boutique où des gravures de toutes sortes attiraient les regards des passants. Une glace vola en éclats, et le marchand se livra à une grande colère. Interrogé sur cette étrange action, Norbert répondit :

« On m'a enseigné, dans mon enfance, que les vices s'attirent l'un l'autre, de telle sorte que la première atteinte portée à l'innocence devient comme la brèche par où mille ennemis pénètrent dans notre âme. Du fond de l'abjection où me voilà tombé sans retour, n'ai-je pas eu le droit de jeter cette pierre contre la demeure de l'homme avide et corrupteur par qui j'ai reçu la première impression du vice?

— Vous connaissez ce marchand? dit le juge.

— Non, Monsieur, mais sachez pourquoi je le maudis. Lorsque je vins ici, il y a quatre ans, mon âme n'était remplie que du souvenir de mes bons parents, de leurs conseils salutaires et du désir ardent de me créer un meilleur avenir, pour le leur faire partager un jour. Mais, derrière ces pensées généreuses, se cachait dans mon âme le germe trop sensible, hélas! des vices auxquels je me suis abandonné. En passant, matin et soir, pour aller à mon travail, je voyais, derrière cette glace que j'ai brisée, des figures animées d'un enjouement perfide : les unes demi-nues, les autres plus irritantes sous leurs ajustements que les premières dans leur nudité; ce n'étaient, il est vrai, que des images peintes, de simples fantaisies d'artiste. Mais il n'en fallut pas davantage pour éveiller en moi les instincts désordonnés que la religion et l'amour filial avaient dominés jusque-là. Ces détestables images m'avaient fait entrevoir le bonheur (prétendu) se jouant au sein de la mollesse, du luxe et de la volupté, c'est ainsi que je voulus le goûter moi-même. Je ne fus d'abord que rêveur, mélancolique et paresseux; je cherchai ensuite dans les livres une pâture pour mon imagination; j'y trouvai de plus, pour mon esprit, le doute et l'incrédulité. Ces livres empoisonneurs, il me fut aisé de les découvrir et de les comprendre; ils s'offraient partout à mes regards, il y en avait pour toutes les intelligences. Mais bientôt, la vie présente étant tout pour moi, il me fallut à tout prix des satisfactions actuelles et positives; et comme l'argent peut tout donner, hors les vraies joies que j'avais désapprises, je devins voleur et même assassin pour m'en procurer; avais-je désormais au monde de plus mortels ennemis que ceux qui s'obstinaient à jouir seuls en présence de mon dénuement? Je suis de ces hommes qui ne comptent guère avec le respect humain lorsqu'ils ne comptent plus avec leur conscience. Cette conscience, on me l'a ravie, publiquement, à la face du soleil, sans que vous y ayez trouvé à redire. Étonnez-vous maintenant, lorsque le flambeau mal éteint jette une dernière lueur sur l'abîme où je m'engloutis, étonnez-vous de la vengeance chétive que j'ai exercée contre mon premier séducteur. »

Nous ne savons jusqu'à quel point le législateur peut fermer les voies diverses qui mènent aux grandes prévarications ; nous savons du moins qu'il peut beaucoup pour cette fin. Mais ce doit être pour le juge un sujet de cruelle angoisse, que d'envoyer au supplice l'auteur de l'action brutale et matérielle, lorsque le génie malfaisant qui éteignit en lui la notion du bien et du mal, ou qui sema de fleurs la voie de perdition, peut venir hardiment invoquer contre sa victime la protection des lois.

LES PETITS BAS DE LAINE

Les moutons ont le défaut de se montrer on ne peut plus indifférents à la conservation de leur laine. On les voit se jeter au milieu des broussailles, traverser des haies épineuses, pour suivre sottement celui d'entre eux qui a pris bêtement l'initiative d'une direction quelconque. Leur laine y périt; vous diriez, à les voir, que la dent du loup a commencé sa besogne. Telle devait être, dans sa course aventureuse, la brebis égarée du bon Pasteur.

Célestine et Rosalie étaient l'une et l'autre des enfants généreux; mais elles ne l'étaient pas de la même manière. Tandis que Célestine, en se rendant à l'école, recueillait avec zèle, mais sans y perdre de temps, les flocons de laine que les brebis avaient laissés aux ronces du sentier, Rosalie se moquait de ce qu'elle appelait l'intérêt crasseux de sa compagne, et, de son côté, perdait le temps à composer de petits bouquets qu'elle éparpillait ensuite le long du chemin.

« Pourquoi aurais-je honte, disait Célestine, de recueillir ce qui périt sans profit pour personne? Ne suis-je pas pauvre, et les pauvres ne vivent-ils pas des miettes du festin? A eux les épis échappés de la gerbe, à eux aussi la laine que les moutons abandonnent aux ronces du coteau. »

Le premier jour de l'année arriva. Célestine et Rosalie avaient l'une et l'autre un petit frère dont elles étaient marraines, et qu'elles aimaient de tout leur cœur.

« Pauvre chéri, disait Rosalie, embrassant son filleul et lui souhaitant une bonne année, j'aurais bien voulu te donner de petites étrennes; mais ta marraine est bien pauvre. Les pauvres ne connaissent que le plaisir de recevoir; celui de donner est trop distingué pour eux et trop délicat. »

Et les regrets de Rosalie étaient sincères; n'eût-elle possédé que dix centimes, rien ne lui eût été plus agréable que d'acheter au moins un bonbon pour son petit frère.

Célestine, plus heureuse, profitant de l'instant où son filleul, à peine éveillé, enlaçait de ses petits bras le cou de sa tendre mère, vint lui offrir deux jolies petites paires de bas de laine, et la maman s'en réjouit d'autant plus que Célestine les avait tricotés de sa propre main, sur le chemin de l'école, avec la laine qu'elle-même avait recueillie. La bonne mère se plut à voir, dans la jeune fille active, vigilante et affectionnée, le soutien futur de la famille.

Il est peu de conditions assez profondément disgraciées pour être, comme le disait Rosalie, privées du plaisir délicat de la générosité; mais, chez les pauvres, il faut que ce sentiment soit fécondé par une constante activité et une triple part d'abnégation. Leurs dons à eux ne sauraient être que leurs travaux, leurs soins, leurs veilles ou le fruit des plus dures privations.

Être généreux des biens que notre esprit a rêvés, comme l'était Rosalie, c'est fort beau sans doute; mais être généreux de ceux que la fortune nous mesure d'une main avare, après nous les avoir chèrement vendus, voilà la vertu avec son plus beau lustre.

LES EMPREINTES

Nous reconnaissons que l'instinct de la personnalité, l'égoïsme, puisqu'il faut l'appeler par son nom, existe naturellement chez les enfants. Mais nous croyons qu'il serait facile de leur inspirer le dévouement. Malheureusement l'éducation qu'ils reçoivent, soit au collège, soit à la maison paternelle, a bien plutôt pour résultat de développer leur convoitise ou leur aptitude aux emplois lucratifs et brillants, que d'accroître et de féconder en eux les nobles facultés de l'âme.

On avait fraîchement ratissé les allées d'un vaste jardin, et toute trace s'y inscrivait avec netteté. Les enfants du propriétaire étant venus s'y promener de grand matin remarquèrent, dans une allée non encore parcourue par les gens de la maison, des pas dont l'empreinte leur parut suspecte.

« Je parierais, dit Thérèse, qu'un voleur est entré cette nuit dans le jardin pour dérober mes pensées.

— Petite sotte! dit Raoul; les voleurs ont bien affaire de tes pensées! Je crains bien plutôt que le malfaiteur ne soit venu ouvrir la loge de mes lapins pour les faire tous évader.

— Pourvu, reprit Caroline, que le brigand n'ait pas emporté les arrosoirs que j'ai eu le malheur d'oublier dans mon parterre.

— J'en serais bien aise, dit Joseph; cela t'apprendrait à avoir de l'ordre. Mais j'ai grand'peur que le scélérat ne se soit sauvé avec les deux belles cloches que papa m'avait données pour ma fête, et qu'il ne m'ait dévasté tous mes melons. C'en serait là un malheur!

— Tiens! et mes pensées donc!

— Et mes arrosoirs, à moi!

— Et mes pauvres lapins! Il ne pense qu'à lui, Joseph.

— Et ma brouette! » s'écria en pleurant le plus jeune de la troupe, qui n'avait encore rien dit.

Là-dessus les enfants se séparèrent pour courir *chacun* à sa propriété; et, la trouvant intacte, *chacun* rentra joyeux à la maison, sans s'inquiéter davantage du brigand et de ses méfaits.

M. Bernard, leur père, instruit de ce qui s'était passé, tança vivement leur égoïsme.

« Vous avez agi, dit-il, comme des gens de peu de cœur et de peu d'esprit. Au lieu de vous séparer, il fallait suivre, tous ensemble, les traces du malfaiteur jusqu'à l'endroit du désastre, si toutefois il y a un malfaiteur et un désastre quelconque, ce que je ne sais pas encore. En agissant ainsi, vous auriez sur-le-champ connu la vérité, si l'un de vous eût été victime de quelque larcin, vous auriez tous été là pour partager sa peine et l'en consoler ; si la disgrâce est tombée sur moi, ce qui est fort possible, je serais déjà averti par vous, et le coupable n'échapperait pas facilement à mes poursuites.

« Au lieu de cela, *chacun de vous* sait maintenant que ni lapins, ni pensées, ni cloches, ni arrosoirs n'ont été dérangés, et *chacun de vous* n'en demande pas davantage, comme si rien autre chose n'était digne de votre attention ! »

Ayant ainsi parlé, M. Bernard courut au jardin, suivit les traces empreintes sur le sable, et fut ainsi conduit jusqu'à la cabane habitée par son garde-chasse et située derrière un massif de verdure, à l'endroit le plus éloigné du château. La porte était entr'ouverte, des gémissements se faisaient entendre à l'intérieur. Le malheureux garde gisait sur le plancher, baigné dans son sang et percé de plusieurs coups de couteau. Un maraudeur très dangereux, plusieurs fois condamné sur la dénonciation du garde, s'était ainsi vengé de ce fidèle serviteur. Heureusement les blessures n'étaient pas mortelles ; mais de prompts secours étaient indispensables, car le sang coulait en abondance, et le malheureux, complètement épuisé, laissait tomber la main qui lui avait servi à tenir fermée la plus dangereuse de ses blessures.

Lorsque tout eut été fait pour rappeler le blessé à la vie, M. Bernard dit à ses enfants :

« Vous voyez maintenant si je vous donnais tout à l'heure un avis salutaire. J'ai failli arriver trop tard pour secourir notre pauvre Norbert ; s'il avait péri, faute de secours assez tôt administrés, combien n'eussiez-vous pas regretté d'avoir pensé à vos arrosoirs, à vos cloches, à vos lapins, avant de vous occuper du malheur réel dont l'indice était sous vos yeux ! »

LA POMME

Une pomme magnifique faisait, à elle seule, l'ornement et la gloire d'un jeune arbre. Elle fut aperçue de deux enfants, Gaston et Anatole, tous deux fort enclins à la maraude. Anatole aussitôt de secouer l'arbre, et Gaston d'arrondir ses deux mains en forme de coupe pour recevoir le fruit et le préserver d'accident.

C'est ce qu'il fit avec beaucoup de dextérité. Mais Anatole prétendit qu'ayant déterminé sa chute, la pomme devait lui appartenir sans partage.

« Oui-da! répliqua Gaston, ne l'ai-je pas saisie au moment où elle allait se meurtrir contre terre? Je l'eusse volontiers partagée; mais puisque tu la veux entière, je la garde entière. Tu ne sauras même pas si elle est douce ou acide.

— C'est ce que nous allons voir, » s'écriait Anatole.

Alors des coups de poing furent échangés, puis vint une lutte corps à corps. Pour se mieux défendre, Gaston laissa tomber la grosse pomme qu'il tenait à peine de sa petite main. Un pourceau, s'approchant, la saisit, et, l'ayant dévorée, fit entendre un triple grogne-ment en signe de satisfaction.

Alors parut un monsieur qui s'était tenu caché derrière la haie.

« Savez-vous bien ce que dit le cochon? demanda-t-il aux enfants. Il dit que la pomme était délicieuse, et qu'il ne saurait trop vous remercier de la lui avoir si généreusement abandonnée. Du reste, il admire votre courage, et loue très fort votre énergie à défendre vos droits. »

Soit que nous contestions à coups de poings ou de texte de lois, redoutons pour l'objet en litige le sort de cette pomme, et pour nous-mêmes le juste mépris des spectateurs.

LE MIRAGE

Des marchands européens s'avançaient en caravane vers une oasis située à l'ouest du Sennaar; ces marchands étaient des hommes cupides, qui allaient nouer des relations commerciales avec les vendeurs d'esclaves du Darfour. Ils avaient pour guides des chameliers arabes, habitués dès l'enfance à la vie nomade du désert, pilotes expérimentés de cette mer de sable. Le sol, brûlé par un soleil impitoyable, était ardent comme une fournaise. N'y sachant autre remède, les voyageurs usèrent sans ménagement de l'eau qu'ils portaient dans des outres; ils entretenaient ainsi une transpiration constante qui faisait obstacle à l'action torréfiante du soleil. Malheureusement l'eau vint à manquer, et l'on n'apercevait point encore, aux confins de la plaine immense, l'oasis désirée.

Ismaël, le plus expérimenté des chameliers, profitant d'une légère éminence du sol, favorisé aussi par la taille élevée de sa monture, interrogea l'horizon, et déclara sans hésiter qu'en faisant route vers le sud-ouest on découvrirait certainement une fontaine avant la fin du jour, comme l'attesterait bientôt un massif de verdure que ses yeux exercés et perçants pouvaient seuls reconnaître dans le lointain vaporeux où il était noyé.

« Que vient-il nous dire de la fin du jour et d'un massif de verdure visible pour lui seul? s'écria l'un des marchands, tandis que je vois très distinctement un fleuve dans le nord-ouest; encore une heure de marche rapide, et nous allons apaiser notre soif. » Et tous les marchands déclarèrent, l'un après l'autre, qu'ils voyaient, en effet, un fleuve dans le nord-ouest.

Vainement Ismaël protesta que les voyageurs étaient dupes d'une illusion fatale, et que pour eux c'était de vivre ou de mourir qu'il s'agissait. Rejetant avec mépris les avertissements de son expérience, ils tournèrent le dos au massif de verdure.

Plus d'une heure s'était passée à courir, de toute la vitesse des chameaux, vers le fleuve désiré, et la rive semblait fuir d'une vitesse égale à celle de la caravane; et les voyageurs, mourant de soif, s'obstinaient dans leur funeste dessein.

Enfin Ismaël, comprenant que la caravane courait à une perte certaine, refusa de suivre les marchands, et voulut qu'on lui rendît au moins ses chameaux. C'était juste; mais comment s'y résoudre? Une lutte terrible ensanglanta le sable du désert; plusieurs morts restèrent en pâture aux vautours; les Arabes s'enfuirent vers les sources désirées, et les voyageurs européens poursuivirent le lac fugitif jusqu'au déclin du jour. C'était désormais une sorte de frénésie, sourde à tout sentiment et à toute raison.

Vains efforts! fatigue inutile! les malheureux ne virent plus rien au lever de l'aurore. Seulement, lorsque le soleil se fut élevé dans les hauteurs du ciel, la perfide apparition se montra de nouveau, toujours aussi lointaine; mais, en la supposant véritable, elle n'était plus qu'un appel inutile à des forces épuisées. Les voyageurs avaient été dupes de ce phénomène bien connu de nos jours, et que l'on nomme mirage; ils étaient victimes de leur impatience ignorante et présomptueuse. Sans guide et sans eau, il ne leur restait plus qu'à mourir.

Image fidèle de tant de malheureux qui se fatiguent à poursuivre un bonheur inconciliable avec la condition humaine. Ils meurent enfin, épuisés, découragés, plus altérés que jamais de cette félicité qui les fuit. Ils avaient pourtant des guides fidèles, expérimentés, qui leur montraient pour la fin du jour un but digne de leurs efforts, un lieu de rafraîchissement et de repos inaltérable.

VERTU ET MISÈRE

A mesure que le culte de l'or et l'adoration du succès entrent plus avant dans les mœurs d'une nation, on voit la misère tomber dans un discrédit plus profond et plus universel. Le misérable n'est plus ce frère disgracié que le christianisme nous enseignait à respecter comme un membre de Dieu même. Si ce n'est pas un pervers, c'est tout au moins un idiot, une brute qui n'a pas su pratiquer le premier des arts, peu s'en faut que je n'aie dit la première des vertus : celle de s'enrichir.

Entre les causes efficientes de la misère, on ne veut plus admettre que la paresse et le désordre des mœurs : tant est grand le besoin de mépriser l'homme qui porte des haillons au sein d'une nation qui voudrait tisser ensemble l'or et le diamant pour s'en vêtir! Et cependant, aux yeux de la simple raison, qu'est-ce aujourd'hui que l'indigent, sinon l'être faible de corps ou d'intelligence qui n'a pas su lutter de vitesse, d'audace, d'astuce ou de dextérité, dans ce concours universel de tous les hommes se ruant à la conquête du vil métal, soit pour lui-même, soit pour la possession du bien-être matériel?

Naguère encore on rencontrait, dans nos villes et nos campagnes, des religieux couverts en toute saison d'un vêtement fauve et grossier, et qui laissaient sur la poussière la trace de leurs pieds nus. Leur saint fondateur leur avait imposé la mendicité comme un devoir, afin sans doute que les hommes au milieu desquels ils vivaient fussent entretenus dans l'exercice de la première vertu chrétienne, la charité; afin aussi que l'homme qui ne possède rien sur la terre se présentât souvent à nos yeux sous un aspect vénérable. Aujourd'hui la mendicité, quel qu'en soit le motif, est un délit que le mendiant d'un jour expiera, pendant tout le cours de sa vie, par la privation de ses droits de citoyen; privation qui mérite bien d'être comptée pour quelque chose, puisqu'elle suppose l'indignité. Non, l'empreinte du christianisme n'est pas là.

Nous connaissons les dangers de la mendicité, et nous souhaitons de tout notre cœur qu'elle disparaisse; mais confondre dans un même anathème le fainéant qui vole l'aumône, et le malheureux qui se fait violence pour tendre la main, qui se laisserait dévorer par la faim s'il n'avait pas une famille qui l'implore, la conscience se révolte contre de semblables rigueurs. S'il est pour certains délits des circonstances atténuantes, il doit quelquefois y avoir pour celui-ci des circonstances pleinement justifiantes.

De quelle terrible responsabilité demeureraient chargés les dépositaires du pouvoir, si, par le silence imposé à toutes les misères, on infligeait à l'autorité l'obligation de les découvrir toutes dans les profondeurs où elles sont cachées?

Il existait, dans la petite ville de Saint-Nicolas, un collège où se conservaient, depuis longues années, les traditions d'un enseignement classique assez fortement organisé; et plus d'un habitant de Saint-Nicolas, honoré de ses concitoyens pour ses talents ou sa fortune, quoique sorti des plus humbles conditions sociales, devait son élévation aux enseignements peu coûteux que le collège de la ville natale avait mis à sa portée.

On conçoit l'émulation, les projets ambitieux, et partant aussi les chimériques espérances que de tels succès devaient entretenir dans la population non encore parvenue de la petite ville. Un enfant venait-il à se signaler, parmi ses camarades de l'école ou du caté-

chisme, par une heureuse mémoire ou une
certaine pénétration d'esprit; un tendre père,
complice en cela d'une mère plus tendre encore, venait-il à se monter l'imagination sur le
motif de quelques saillies échappées à son fils
chéri; aussitôt une voix partant du collége, et
qui semblait convier l'enfant aux faveurs de la
fortune, venait troubler le repos des bons parents, jusqu'au jour où l'écolier, proprement
vêtu et tendrement endoctriné, prenait le
chemin de la classe, emportant avec lui la
meilleure part de la sollicitude paternelle.

La veuve Fabvier, honnête fruitière de Saint-
Nicolas, très bien achalandée à cause de sa
propreté et du bon choix de ses marchan-
dises, avait deux fils au collège, double issue
par où s'écoulait l'aisance de la famille; car la
veuve tenait à ce qu'ils fussent aussi bien vê-
tus, aussi bien pourvus de toutes choses que
leurs camarades plus favorisés de la fortune.
Elle avait aussi une fille aînée, bonne et vail-
lante créature, dont l'activité et l'industrieuse
économie rendaient possible l'onéreuse éducation de ses frères. On dit même que, pour
demeurer plus entièrement consacrée à son
œuvre de dévouement, cette digne sœur refusa plusieurs fois de s'unir à d'honnêtes ouvriers, jeunes et forts comme elle.

La fortune se plut à récompenser, *dans la*

personne de ses frères, l'abnégation de cette excellente fille : quelques années leur suffirent pour acquérir un capital assez honnête, qu'ils engagèrent avec plein succès dans de hasardeuses spéculations. Cela fixa leur avenir ; l'or devint leur idole, et ce triste culte glaça leurs cœurs. Ils ne tardèrent pas à oublier qu'ils avaient quelque part une mère infirme et une sœur indigente : s'appliquant à dissimuler leur humble origine, ils contractèrent de riches alliances ; et craignant de faire rougir les reluisantes familles auxquelles ils s'étaient unis, ils cessèrent toute relation avec leur famille propre.

Cependant, pour mener à bonne fin l'éducation de ses deux fils, la fruitière avait contracté quelques dettes : il fallut les acquitter ; l'âge vint avec son cortège d'infirmités. D'économies, pas la moindre. Pendant quelques années encore, on sauva les apparences, en dévorant dans le secret du foyer domestique les plus amères privations. Pour comble de disgrâce, les broderies et autres menus ouvrages, auxquels s'appliquait la pauvre fille, subirent une dépréciation des deux tiers. Il n'y eut plus moyen de dissimuler, à force de vigilance et de propreté, les souillures de la misère ; le mépris, la solitude environnèrent les deux femmes.

La mère mourut en bénissant Dieu de ne

pas permettre qu'elle fût plus longtemps à charge à sa fille. Usée par les veilles et par l'amertume de ses sentiments intimes, le dévouement où elle avait puisé tout son courage n'ayant plus d'objet sur la terre, la fille elle-même, découragée et flétrie, ne lutta plus que faiblement contre la misère. Conseillée par la faim, par la vue de ses haillons et par le mépris qu'ils inspiraient, elle tendit la main à la charité publique; et Dieu sait si les reproches amers lui furent épargnés !

Un jour qu'elle redoublait d'instances auprès d'un monsieur étranger, dont la physionomie l'avait instinctivement attirée, celui-ci jugea à propos d'ajouter une sentence morale à l'impertinence formelle de son refus.

« Il n'y a de pauvres, dit-il, que ceux qui l'ont mérité; moi aussi, j'étais né dans une position obscure, et j'ai su m'élever à la richesse. Il fallait en faire autant. Je vous le répète, on n'est pauvre que par sa faute.

— Oui, reprit la mendiante, j'en suis une preuve; mais il y a de ces *fautes* dont la misère et ses horreurs ne sauraient nous faire repentir; telle est celle d'une sœur qui s'oublie elle-même pour préparer à ses frères un heureux avenir, ceux d'une fille qui entoure de ses soins une mère délaissée des enfants qu'elle a le plus affectionnés. »

Les traits de celle qui parlait ainsi, le son de sa voix, émurent vivement l'étranger; il rentra aussitôt à son hôtel, et se hâta de quitter la ville. Dans le visage de la mendiante, dans son accent, il avait reconnu non sa sœur, quoique ce fût bien elle, trente ans de souffrance avaient trop altéré son visage, mais l'image fidèle de leur mère commune, d'autant plus frappante de ressemblance qu'en ce moment la sœur avait atteint l'âge auquel la mère s'était vue définitivement abandonnée de ses deux fils.

Nous ne cesserons de le répéter : oui, mépriser la misère, c'est quelquefois mépriser l'inconduite et l'imprévoyance qui l'ont amenée ; et ce mépris rétrospectif, pour des fautes suivies d'une cruelle expiation, n'est peut-être pas exempt de cruauté ; comparé aux respects qui environnent le vice triomphant, il est au moins de la plus grande inconséquence.

Oui, mépriser la misère, c'est souvent mépriser l'idiotisme, la simplicité de l'esprit, ou les infirmités corporelles qui l'ont produite, et ce mépris est souverainement méchant et injuste.

Mais, fort souvent aussi, mépriser la misère, nous en avons plus d'un exemple, c'est mépriser le désintéressement et l'abnégation dont elle est la récompense, et ce mépris est infâme !

L'HUMBLE AVEU

Il appartenait à Rome, et à elle seule, d'élever au vrai Dieu un temple assez vaste pour servir de rendez-vous à tous les peuples de la terre. Ce temple, elle l'a érigé digne d'elle et digne des nations soumises à son empire paternel. Ce rendez-vous des peuples, beaucoup d'entre nous y ont assisté, soit à la fête de saint Pierre, soit pendant les jours de la semaine sainte. Mais jamais Rome et sa grande basilique ne sont plus admirables qu'au temps du Jubilé séculaire, que les Italiens appellent l'*Année sainte*. Alors s'ouvre cette cinquième porte du temple que nous avons vue murée et scellée d'une grande croix de bronze; alors le courant populaire s'épanche incessamment dans l'immense vaisseau, et l'on s'étonne de voir un seul édifice absorber pendant des heures entières ce fleuve aux flots pressés.

Pour décrire dignement Saint-Pierre de Rome, il faudrait le caratériser d'un seul trait, comme on l'embrasse d'un seul regard. Ne pouvant mieux, nous nous bornerons à mesurer quelques dimensions.

Une ligne de bronze, incrustée dans le pavé de la basilique et partant de l'extrémité de la tribune forme une échelle comparative, où sont marquées les dimensions des plus grandes églises du monde. La cathédrale de Milan mesure 417 pieds, et s'arrête à 158 pieds du seuil de Saint-Pierre; Saint-Paul de Londres mesure 469 pieds, et s'arrête à 106 pieds de la porte de Saint-Pierre; aucune autre n'en approche de plus près. L'étendue intérieure de Saint-Pierre est donc, en longueur, de 575 pieds; la largeur prise dans la croisée est de 417 pieds; la nef du milieu a, de largeur, 82 pieds. La grande coupole mesure 130 pieds de diamètre, et la hauteur totale de l'édifice, depuis le pavé de l'église jusqu'au sommet de la croix, est de 424 pieds. Remarquons que la coupole de Saint-Pierre, plus élevée de 23 pieds que le Panthéon antique, a de plus l'avantage de reposer sur des pilastres de 166 pieds de hauteur. La coupole du Panthéon, avec son tambour, forme à elle seule tout un édifice. La coupole de Saint-Pierre, avec son tambour, n'est qu'un accessoire de la basilique moderne : c'est, comme disait Michel-Ange, le Panthéon pris à terre et placé dans les airs.

Il résulte d'un calcul fait en 1693, par Charles Fontana, qu'à cette époque les sommes employées à notre grande métropole atteignaient le chiffre approximatif de 251,450,000 francs. Mais depuis lors l'intérieur de l'église s'est enrichi de nombreuses décorations, entre lesquelles nous devons compter les tombeaux de plusieurs pontifes et des tableaux en mosaïque dont le prix moyen est, pour chacun, de 107,000 francs. La sacristie, ajoutée par Pie VI, n'a pas coûté moins de 5,000,000 de francs; de sorte qu'il n'y aurait pas d'exagération à prendre 300 millions pour chiffre approximatif de la dépense totale.

Nous avons entendu des doléances pieuses sur ce motif, que l'on cause et se promène dans Saint-Pierre de Rome ni plus ni moins que sur une place publique. Selon nous, ce scandale est dû plutôt à la vaste étendue du monument qu'à l'irrévérence formelle de ceux qui prennent de telles libertés. Il y a dans Saint-Pierre un lointain, des seconds plans, en un mot, toute une perspective aérienne. Il y a place pour le recueillement des uns et pour la causerie des autres, ce qui ne veut pas dire que l'un et l'autre soient également admissibles. Lorsqu'à l'heure de l'office public on aperçoit de loin le petit groupe des fidèles réunis autour du célébrant, il est aisé d'oublier les murailles qui enveloppent les hôtes du temple dans une commune adoration, et de se croire étranger à la cérémonie, jusqu'à ce que, s'étant approché, on ait une vue distincte de l'autel et des choses qui s'y accomplissent. On comprend d'ailleurs ce que peut être, sous le rapport du recueillement, un temple éminemment illustré de tout le prestige des beaux-arts, ouvert aux hommes de toutes les croyances et à ceux qui n'en ont aucune, à l'adorateur impie du commode et du beau matériel aussi bien qu'au disciple en esprit et en vérité.

Rien ne donne une idée plus saisissante de l'ampleur de Saint-Pierre de Rome que la température toujours égale qui s'y conserve d'une saison à l'autre, comme dans un monde à part. Y entrez-vous en été, la fraîcheur est telle que vos poumons se dilatent et que votre respiration s'accélère. Est-on en hiver, vous y trouvez la douce sensation d'un climat printanier.

L'année sainte, au milieu de son cours, répandait sur la Ville éternelle une vie, une animation qu'elle ne connaît en aucun autre temps.

Deux hommes jeunes encore, mais parvenus à cet âge où nous est donnée la pleine et puissante intelligence du bien et du mal, se promenaient ensemble sous les voûtes splendides de Saint-Pierre. L'un se nommait Eugène, l'autre Théophile. Ni les groupes variés qui se renouvelaient à chaque instant sous leurs yeux, ni les visages diversement caractérisés qui accusaient des patries lointaines, ni les costumes, chers à la peinture, d'une foule d'hommes et de femmes venus de la Lombardie, de la Toscane, de la Sabine, de l'Ombrie, de la Pouille, de la Calabre, ni les chefs-d'œuvre des arts, ne pouvaient distraire l'attention des deux promeneurs, tant elle était captivée par l'objet actuel de leur conversation.

« Pour moi, disait Eugène, il m'est donné quelquefois d'avoir de magnifiques intuitions sur la beauté morale de l'homme ; et j'en rends grâces au Ciel, comme de son plus grand bienfait. C'est par là que le rêve habituel de ma vie fait place, de temps en temps, à une vive et chaude réalité qui me réconcilie avec les autres et avec moi-même. Lorsque cette beauté m'apparaît chez autrui, j'en conçois une joie qui est, je puis le dire, la meilleure de mes sensations. Certes j'admire cette basilique sans égale dans l'univers, elle élève mon âme, je suis fier de penser qu'un homme en a conçu le vaste plan. Mais, si je vois paraître sur le seuil l'humble fille de Vincent de Paul, venue de notre France pour échauffer divinement au souffle de sa charité les cœurs moins saintement affectueux des jeunes Romaines, je l'avoue, mon admiration se détache incontinent de ces voûtes, de ces mosaïques, de ces vivantes statues, et la servante du pauvre s'en empare sans partage. Ah! mon ami, si je pouvais la réaliser en moi-même cette beauté morale, il me semble que j'y trouverais une plénitude de bonheur que je n'attends plus d'aucun événement ni d'aucune créature. Mais, hélas! le règne de la vertu trouve en moi une puissance ennemie, plus forte apparemment que ma propre volonté. J'en rougis, j'en gémis profondément; et cent fois déjà j'ai formé la résolution solennelle de rompre à jamais avec cette portion vile et désavouée de moi-même. J'ai juré au tribunal de ma conscience d'être victorieux de cette ennemie intestine, et cent fois j'ai été parjure! Pour donner plus de solennité à mes résolutions, j'avais cependant imaginé des pratiques extraordinaires que l'on aurait taxées de folles si elles eussent été divulguées. Souvent je me suis puni avec rigueur de mes défaites, me considérant moi-même comme un criminel indigne de merci. Un jour, prosterné sur la tombe de ma mère, j'ai juré d'être désormais son digne fils; et, pour mémoire de mon passage à une nouvelle vie, j'ai imprimé sur ma chair brûlée la date indélébile de ma résolution : cette date est restée pour me reprocher ma défaite! Plus tard, pour occuper mes affections et jeter quelque part les semences de la vertu, j'adoptai un enfant qui venait de naître au sein de la misère, et je le fis élever sous mes yeux, comme un contemporain et un symbole de la renaissance morale à laquelle je me préparais moi-même. L'enfant a quatre ans aujourd'hui, et cet homme nouveau, qui devrait avoir son âge, est encore à naître.

— Comme vous, reprit Théophile, j'estime qu'il est fort important d'établir, entre notre passé et l'avenir meilleur qui est dans nos résolutions, un point de départ mémorable, un *acte solennel* qui ait exigé de notre part quelque puissant effort, quelque sacrifice généreux. J'en sais un plus propre que nul autre à déterminer cette séparation, et qui, pour bien des hommes a marqué la naissance d'une ère nouvelle... Je connais, non loin d'ici, un pieux solitaire discret, compatissant, ami des hommes, toujours prêt à les relever de leurs chutes, à les consoler dans leurs peines, à les fortifier contre de nouvelles séductions ou de nouveaux chagrins. C'est à lui que je me confie;

il reçoit l'aveu de mes fautes ; il m'en fait envisager la laideur, l'injustice ou les ravages funestes ; il m'exhorte, il m'éclaire, il m'appelle son fils, me promet le pardon de Dieu pour le passé, son assistance pour l'avenir. Je le quitte plein de force et de consolation, et cette force n'est pas stérile.

— Mais c'est la confession que cela !

— Je n'en disconviens pas.

— Mais, pour se confesser, il faut d'abord être catholique ; et je ne sais trop moi-même où j'en suis à cet égard.

— Si vous ne l'êtes plus, il faut savoir pourquoi. N'est-ce pas précisément parce que vous n'avez pas pu réaliser en vous cet idéal de vertu dont la notion vous est laissée, comme un flambeau aux mains du voyageur surpris par la nuit ? Usez de cette lueur pour retrouver les sentiers qu'illumine le soleil de la foi. Cette beauté morale dont vous vous dites épris, où la trouvez-vous plus admirable que dans l'Église catholique ? Ces pieuses filles qui recevaient tout à l'heure le tribut enthousiaste de votre admiration ; ces bons religieux, qui nous attendaient naguère au sommet des Alpes, où la neige les enveloppe comme le linceul jeté sur un corps privé de vie ; ces missionnaires dont la parole inculte dissipe en un instant la barbarie et toutes ses horreurs ; ces humbles frères dont les disciples se comptent par millions, et de qui les bienfaisantes leçons sont enviées aux enfants du pauvre par les riches eux-mêmes; tous ces hommes qui ont su élever à la charité d'impérissables monuments, non seulement sur notre sol, mais dans nos annales et nos institutions, ne sont-ce pas des enfants de l'Église catholique et des types de cette beauté morale qui a su vous charmer? »

Eugène suivit les sages conseils de son ami; et lorsque, après vingt-cinq ans révolus, le soleil de l'année sainte se leva de nouveau sur la Ville éternelle, la grande basilique revit le pèlerin français, pèlerin de la foi, et non plus d'une vaine curiosité. Heureux du triomphe si longtemps désiré, il prêtait l'appui de son bras à une femme belle encore de convenance et de dignité; plusieurs enfants suivaient leurs pas dans l'attitude d'un recueillement qui ne dissimulait ni la grâce ni l'enjouement de leurs physionomies.

Ce point de départ cherché par Eugène, premier terme d'une ère nouvelle, il l'avait trouvé dans la cellule du solitaire.

LE TRAVAIL

Mme de Rochevieille élevait ses enfants avec une sollicitude aussi tendre qu'éclairée; elle était en même temps la providence des bons laboureurs qui vivaient autour de son château ; elle les visitait dans leurs maladies, les encourageait dans leurs travaux, donnait des prix de sagesse aux enfants, avait pour tous un accueil gracieux, et faisait bénir universellement cette supériorité d'éducation et de fortune qu'il est si facile de faire détester.

Un jour, en revenant de la ville, elle apprit que le père Mathurin, vieillard octogénaire, dont toute la vie avait été consacrée à de rudes travaux et à la pratique d'austères devoirs, désirait ardemment que la *bonne châtelaine* voulût bien venir l'exhorter à la mort. L'ascendant de Mme de Rochevieille était tel, qu'on la regardait, dans cette heureuse contrée, comme une sorte d'intermédiaire entre la terre et le ciel. Elle se rendit aux désirs du moribond; et s'apercevant qu'elle était suivie par ses deux jeunes enfants, elle ne crut pas devoir leur interdire de contempler avec elle le grand et salutaire spectacle de la mort d'un homme juste.

Des sanglots éclataient dans la chaumière à l'instant où Mme de Rochevieille parut sur le seuil. Le vieillard venait d'expirer. Le calme de ses traits, que le sourire animait jusque dans la mort, contrastait merveilleusement avec la douleur profonde de ceux qui allaient lui survivre; ses longs cheveux blancs lui formaient une parure admirable, qui ajoutait encore à la douce majesté de son visage. Par un dernier effort, il avait étendu le bras pour bénir sa famille, et sa main découverte pendait sur le bord de sa couche.

La bonne châtelaine prit cette main avec respect, fit signe à ses enfants de s'incliner, l'approcha de leurs lèvres, puis la posa doucement sur la poitrine du défunt, où reposait un crucifix.

En se retirant avec leur mère, les enfants répétaient :

« Maman nous a fait embrasser la main d'un mort !

— Oui, dit la pieuse mère, qui aimait à les

instruire par de vives images, pour que la leçon, victorieuse de la légèreté de leur âge, allât plus sûrement à leur intelligence : nous devons un respectueux hommage à cette main qui a accompli tant de rudes travaux, et qui, par sa rudesse et sa difformité même, témoigne de la fidélité avec laquelle celui qui vient de rendre son âme à Dieu a rempli la loi de son existence mortelle. Nous devons aussi cet hommage à la main d'un homme de bien. »

LES PORTRAITS DE FAMILLE

Tancrède, jeune rejeton de noble souche, visitait avec son père, et le front découvert, la galerie peuplée des portraits de ses illustres aïeux.

« D'où vient, dit-il, que parmi ces personnages debout, et tout prêts à l'action, j'en vois un seul assis sur les coussins d'un large fauteuil? Ni son âge ni l'altération de ses traits n'expliquent cette différence.

— Ta question ne manque pas de sens, dit le père, et, pour mieux y répondre, je te parlerai d'abord d'une qualité artistique fort essentielle : *la convenance*. C'est elle qui, plaçant chaque figure dans son véritable milieu, l'entoure des accessoires appropriés à l'âge, au temps, aux habitudes du modèle; c'est elle qui, aux traits saillants du caractère, sait assortir le jeu de la physionomie, la pose, le costume même. Tu dois comprendre maintenant pourquoi l'artiste éminent chargé de transmettre à la postérité les traits de mon bisaïeul, lui a donné cette attitude.

— C'est sans doute, dit Tancrède, que votre bisaïeul aima le repos et la mollesse, comme ses pères avaient aimé le mouvement et les nobles travaux. Mais, s'il en est ainsi, quels pouvaient être ses droits à cette brillante épée et à tout ce costume, indice de quelque haute dignité ?

— Tu découvriras quelque jour, mon ami, qu'il est de hauts emplois tout exprès inventés pour sauver l'orgueil des héritiers nonchalants d'un grand nom ou d'une brillante fortune. Que ce costume soit celui d'un menin ou d'un chambellan, ou du titulaire de quelque fonction lucrative exercée par la capacité d'un subalterne, il est certain que mon bisaïeul ici présent aima trop le repos et vécut trop des travaux d'autrui. Sous son autorité, notre famille subit une éclipse de fortune et de renommée, dont toute l'activité de mon grand-père ne put la relever entièrement. Il était réservé aux efforts de mon père d'achever cette noble tâche. Vois maintenant si tu veux figurer un jour assis ou debout dans cette galerie. »

L'homme mollement assis est enclin à rester assis, en dépit des devoirs ou des bienséances qui le sollicitent. S'il se couche, la propension nonchalante devient plus impérieuse encore. Debout, au contraire, il est prêt à répondre au premier appel; on peut dire que, pour lui, le premier pas est fait, le premier lien d'indolence ou d'irrésolution est brisé. Si donc nous voulons mériter de figurer debout dans la lignée qui nous réclame, défendons à la mollesse d'arranger à sa guise le siège ou le lit de notre repos. Soyons prompts à nous retrouver debout en toute occasion, n'eussions-nous d'autre motif que de donner une noble attitude à notre courtoisie lorsqu'une épouse vertueuse vient à nous, de témoigner notre respect au vieillard qui passe, ou d'honorer l'action de l'enfant qui prie près de nous.

LE LION VÊTU DE LA PEAU D'UN ANE

Le signor Gandolfo se plaisait à réunir, dans le parc voisin de sa demeure, des animaux venus des diverses contrées de l'univers. L'un d'eux attira l'attention particulière de l'habile naturaliste Giofredo, ami et commensal de Gandolfo. Apercevant au même instant un barbet à l'œil intelligent et rêveur qui semblait avoir autorité sur les autres animaux de la ménagerie :

« Or çà, monsieur l'intendant, lui dit-il, que dois-je penser de ce quadrupède qui promène là-bas son ennui parmi les chardons en fleur ? Je ne saurais reconnaître à sa stature maître *Somarello*, quoiqu'il ait bien la robe et les oreilles d'un baudet.

— Son Excellence, reprit le chien, me paraît avoir de très bons yeux ; voici en peu de mots l'histoire de ce personnage.

« Notre maître, qui possède d'immenses richesses, acheta, il y a quelques années, d'un chasseur africain, plusieurs lionceaux fort petits ; il en voulait faire des animaux domestiques. Mais rien ne put dompter l'humeur inquiète de ces jeunes sauvages : caresses, coups de fouet, abstinence, bons morceaux, tout fut inutile ; les uns prirent la fuite, d'autres se livrèrent aux transports d'une furie si violente, qu'il fallut les détruire. Un seul, plus docile ou plus lâche, s'accommoda de la servitude, et laissa paraître une sensibilité très grande à l'endroit du ridicule. Tournait-on en dérision ses ongles ou sa crinière naissante, il se montrait honteux de ces insignes. Il n'osait plus rugir, parce que le singe s'était moqué de sa voix et l'avait voulu contrefaire. A ceux qui, lui portant intérêt, lui conseillaient de montrer la griffe à ses persécuteurs, il parlait de son sabot et des ruades qu'il saurait administrer au besoin. Je ne sais si Son Excellence a remarqué que les ânes règnent ici par le tapage et par le nombre ; c'est un caprice du maître. Notre lionceau, qui s'en est aperçu, se donne des peines infinies pour habituer tout le monde à l'appeler *Martin*. Il y fait plus : il s'est revêtu, comme vous voyez, de la peau d'une bourrique et s'étudie à la porter dignement. Il s'exerce à braire, prétend aimer la fougère et le chardon, et chaque jour je le surprends mâchant des cailloux, pour limer ses dents, dont les pointes aiguës ne sauraient broyer l'orge et la féverole. Le mulet l'appelle *mon neveu*, il répond *mon oncle*, et frotte son épaule à celle de ce parent adoptif. Avec de telles inclinations, il n'est pas surprenant qu'il soit devenu un des plus dociles esclaves de cette ménagerie.

« Au reste, nous n'avons pas ici un ânon commençant à braire qui ne le méprise ; et si vous lui tâtiez le cuir, vous pourriez palper les morsures que lui font chaque jour mes confrères.

— Il ne manque rien au portrait, reprit le signor Giofredo ; et vous savez peut-être comment s'appellent parmi nous les gens de ce caractère ?... Nous les nommons *esclaves du respect humain.* »

Puis, s'étant approché de l'indigne personnage :

« Eh bien ! seigneur, lui dit Giofredo, quelles nouvelles d'Afrique ? »

Mais, tout ému de l'allusion :

« Sans doute Monsieur veut dire : quelles nouvelles d'Arcadie ? » répondit en déguisant sa voix le prince dégénéré.

L'homme qui, possédant la vérité et la règle du bien-vivre, affecte néanmoins de braire avec

les ânes, je veux dire d'imiter lâchement la
tenue, le geste et le langage des pervers, n'est
pas moins méprisable que le lion de notre histoire.

LE LOUP ET LES LAPINS

Un loup affamé était au guet sur le bord d'une garenne, comptant, faute de mieux, faire son souper du premier lapin que le charme d'une belle nuit attirerait au dehors. Pour tromper l'ennui, il s'étendit à terre, l'oreille ouverte sur une des issues du souterrain ; et voici ce qu'il entendit :

« Pour que la vie fût supportable, disait une mère lapine, il faudrait exiler à jamais les loups, les martres, les hommes et les chiens. Le loup surtout m'inspire une horreur !...

— Oh! mère, faites-nous son portrait.

— Figurez-vous, mes enfants, une longue et maigre bête s'avançant à petit bruit sur quatre jambes décharnées, une échine noueuse et hérissée, des flancs creusés par une faim que rien ne peut assouvir, un de ces museaux longs et fureteurs qui semblent toujours chercher les entrailles d'une victime. Oh! oui, c'est ainsi que je peindrais le crime, si j'avais à faire son portrait.

— Bien! fort bien! mes amis, dit le loup *in petto*, ne vous refusez rien pendant que vous y êtes.

— Ah! chers enfants, reprit un bon gros lapin nourri de serpolet et de philosophie, quel contraste entre notre vie honnête, paisible, honorée, et celle de ce monstre altéré de sang! Quelle paix au fond de notre conscience! Quelles agitations intestines dans l'âme de ce scélérat! De quel œil bienveillant, de quel regard terrible le souverain Juge doit-il envisager nos œuvres et les siennes! »

Cet hypocrite contentement de soi-même déplut au loup, beaucoup plus que les injures dont on l'accablait. Plongeant sa gueule dans l'ouverture du souterrain, il y jeta d'une voix sinistre cette accusation, qui glaça d'effroi la pacifique assemblée :

« Oui, viens nous parler de tes mœurs honnêtes et du calme de ta conscience, toi lapin, qui ne deviens père cinq fois l'an que pour ravir à ton épouse, par une mort violente, les enfants suspendus à sa mamelle. Crois-moi, le profond scélérat n'est pas celui de qui l'on met la tête à prix, et dont on cloue les oreilles sur la porte des bergeries; c'est bien plutôt le sycophante qui, dans le secret de son foyer, enveloppé de sa bonne renommée comme d'une épaisse fourrure, tranquille sur le témoignage d'une conscience menteuse, dupe lui-même et fier du succès de son hypocrisie, viole impunément les plus saintes lois de la nature. Je te le dis, Jeannot, il est bon qu'il y ait des loups pour troubler le repos et agiter la conscience des petits saints de ton espèce. »

Combien de gens, dupes d'une fausse conscience, comme notre lapin, vouent au fouet des Euménides le loup, moins coupable qu'eux !

Soit dit sans prétendre concéder au loup la mission salutaire qu'il s'attribue dans cette fable.

L'HOMME INCOMPLET

« C'est déplorable! disait un jour M. Malentrain, juge de paix de son canton; c'est déplorable! Mon indigence en toutes choses passe tout ce qu'on peut imaginer, et j'ai tout juste assez de lumières pour sentir mon néant. Tirez-moi de mon audience et de mon intérieur de famille, je ne suis plus propre à rien au monde. Un idiot converse avec plus d'aisance que je ne saurais le faire. Il n'est pas un écolier, fût-il le dernier de sa classe, qui n'ait à m'en remontrer sur toutes les connaissances humaines. Je ne sais ni tenir les cartes, ni danser en mesure, ni faire sourire une femme, ni amuser un enfant qui n'est pas le mien. Dire mon avis sur une pièce de théâtre, une statue, un tableau, m'est aussi impossible que de raconter les mœurs des habitants de la lune, ou de juger leur procès. Je ne saurais fumer un gramme de tabac sans que la tête me tourne, ni faire raison à un ami d'une bouteille de vin sans que mon cœur se trouble et que ma raison chancelle. Ma nullité est si absolue, que je n'ai au monde ni envieux ni ennemis. »

C'était pitié d'entendre se lamenter ainsi un homme de quarante-cinq ans, haut de cinq pieds trois quarts. M. Bonavis, qui l'écoutait en se promenant avec lui dans la campagne, n'y put tenir; et voyant un olivier dix fois centenaire, qui étalait sa décrépitude sur le penchant d'un aride coteau, il alla vers cette noble ruine.

« Considérez cet arbre, dit-il à M. Malentrain; vit-on jamais existence végétale plus pauvre, plus incomplète, plus semblable au néant? Ce feuillage sans ombre et sans verdure, cette fleur si nulle qu'on la voit à peine, ce tronc qui n'est plus qu'une lanière d'écorce étendue sur un peu de bois mort, ce morne silence que n'interrompent plus les chants des petits oiseaux, ni le frémissement du feuillage agité par le vent; toute cette indigence empêche-t-elle le vieil olivier de recevoir encore les soins de son maître et ses bénédictions, comme il a reçu les soins et les bénédictions de trente générations successives? Et cependant, autour de lui, le marronnier avec sa riche parure, le platane si plein de grâce et de majesté, sont tombés sans laisser de regrets. Que font l'éclat, la richesse, la beauté, les talents même, pourvu que l'arbre mûrisse les fruits que nous avons droit d'attendre de lui ? Bon juge de paix et bon père de famille, bornez là votre ambition ; la sagesse vous le commande. »

LE DINDON

Le dindon n'a pas toujours habité nos climats; c'est un don que l'Amérique a fait à nos tables et à nos basses-cours. De là son nom de coq d'Inde. On le trouve en grande abondance au Canada, au Mexique et chez les Illinois. Il n'est peut-être pas un seul animal dont l'aspect se transforme aussi complètement lorsqu'il vient à être dominé par une passion un peu vive. Son plumage se hérisse, sa queue se relève en éventail, ses ailes frémissent et rasent la terre, sa tête s'injecte et se tuméfie, elle devient écarlate de livide qu'elle était auparavant; l'espèce de caroncule charnue qui enlaidit son front s'allonge énormément, et, tombant en forme de panache, assombrit l'œil qu'elle couvre de son ombre sanglante.

Le dindon est au total un assez vilain oiseau, dont la physionomie mobile ne se prête parfaitement qu'à l'expression d'une colère brutale. Il est très sensible à l'injure ; et, lorsqu'il se croit insulté, il se précipite sur l'enfant ou l'homme même qui a provoqué sa fureur. Au demeurant, nous croyons être libre de toute prévention hostile en signalant le dindon comme un type parfait de sottise et d'instincts brutaux.

Un gros dindon, au cerveau exigu, au front grotesquement chamarré, jugea convenable de prendre le paon pour guide et pour modèle. Il n'eut plus d'autre souci que de se rengorger comme un pacha, d'enfler sa crête et son capuchon en signe d'orgueil satisfait, de faire une roue mesquine avec sa courte queue, de tourner solennellement sur lui-même pour étaler toutes ses perfections à des spectateurs imaginaires, et d'aborder par le flanc droit les autres oiseaux de la basse-cour, comme pour leur dire : Place à ma splendeur !

Mais le coq, indigné, lui dit :

« Pauvre sot ! le paon avec sa richesse et son élégance, le paon en qui brille dans une disposition merveilleuse tout ce qu'il y a d'éclatant au ciel et sur la terre, n'a su acquérir que le triste renom d'un fat orgueilleux ; et toi, avec tes gros yeux hébétés, tes courtes jambes, ton gros embonpoint truffé ; toi qui remplaces le magnifique éventail du paon par un tronçon de queue misérable, et son aigrette par je ne sais quel chiffon de chair livide qui fait soulever le cœur, c'est un pareil modèle que tu prétends imiter! Tu pouvais acquérir notre estime en te montrant bon père et bon époux, en égalant ta sagesse à ta corpulence, et voilà que tu marches orgueilleusement à la conquête du ridicule. Si celui qui est le type de la beauté majestueuse n'a pu faire absoudre l'orgueil de ses prétentions, crois-tu, par hasard, que sa burlesque caricature obtiendra plus de faveur? Allons, l'ami, reviens à de plus saines idées; et, rentrant sagement en toi-même, retire tes prétentions avec ton panache. »

L'imitation doit toujours être humble et ne s'attacher qu'à ce qui est excellent : à ces conditions, nous la tiendrons volontiers pour légitime et honorable ; mais n'emprunter aux supériorités que leurs erreurs et leurs prétentions vaniteuses, tribut qu'elles payent à la faiblesse humaine, c'est se vouer, le plus gratuitement du monde, au ridicule.

LE GROS CADEAU

Nous aimons fort l'usage qui existe dans quelques-unes de nos campagnes, et qui ne permet pas de venir à une noce rustique sans y apporter un cadeau agréable aux jeunes époux. Ce ne sont pas d'ordinaire des objets de luxe ou de fantaisie que l'on offre ainsi. On préfère des ustensiles de ménage, du linge ou des instruments de travail, choses d'autant plus précieuses que d'ordinaire, en prenant femme, on se met à la tête d'une exploitation, d'une entreprise industrielle, ou tout au moins d'un ménage, ce qui ne se peut faire sans des avances onéreuses.

La bonne d'Alfred épousait un ouvrier maréchal, et une forge neuve attendait le nouveau marié, qui allait désormais travailler pour son propre compte. Alfred, enfant gâté de parents fort riches, apportait en cadeau à la

jeune femme un médaillon cerclé d'or, sus-
pendu à une chaîne de même métal, et con-
sistant en un disque de cristal massif, au centre
duquel était noyée une pensée aux vives cou-
leurs.

Donateur lui-même, il était naturel que l'enfant voulût voir les dons offerts par les autres
conviés. Il n'était rumeur dans l'assemblée que
du superbe cadeau exhibé par le parrain de
l'époux : on s'empressa donc de le présenter à
Alfred, ou, pour parler juste, Alfred fut pré-
senté au cadeau du parrain. C'était un énorme
soufflet de forge, dont la vue fit une telle impression sur l'enfant, qu'il frémissait au seul
aspect de l'embouchure dirigée contre sa poitrine. Une coulevrine, chargée à mitraille ne
l'eût pas ému davantage. C'était la première
fois de sa vie qu'il voyait un soufflet de forge.

Revenu de sa stupeur : « Quel cadeau, bon
Dieu ! s'écria-t-il en éclatant de rire ; ma bonne
aura là un joli joujou ; je voudrais la voir de-
main matin allumer son feu avec ce charmant
petit meuble : on peut dire que le souvenir du
parrain est choisi avec un goût parfait et une
délicatesse exquise. C'est maman qui serait
heureuse si papa la fêtait avec de pareils bi-
joux ! »

Après le cadeau, Alfred fut curieux de voir
le donateur ; et ses petits yeux se mirent à

chercher dans l'assemblée l'homme qui avait une tête aussi grosse que le soufflet. Car, selon les idées d'Alfred, la pensée d'un tel cadeau n'avait pu naître que dans une telle tête ; mais, au lieu d'un cyclope, il fut surpris de voir un petit homme tout uni, qui lui fit accueil et lui offrit des noisettes.

Alfred retourna au soufflet, et, prenant par la main d'autres enfants de son âge, il organisa une ronde joyeuse, et la fit tournoyer autour du majestueux et impassible cadeau.

La ritournelle vivement chantée par les enfants était celle-ci :

> Souffle, souffle, pareil à l'aquilon,
> Souffle, souffle, petit soufflet mignon.

Rentré chez ses parents le lendemain de la noce, Alfred ne cessait de répéter :

« Ma pauvre bonne, dans quel monde te voilà tombée ! et ma chaîne d'or, et mon médaillon, dans quelle compagnie je les ai laissés ! Quels cadeaux ! Dieu du ciel ! quels cadeaux ! Des torchons ! des marmites, des poêlons ! des pots d'étain ! et le soufflet ! et le soufflet ! Ils me tueront ma bonne avec ce diable d'outil. Pauvre Flora ! tu étais si mignonne et si proprette dans le château de mon père ! Et tu as voulu nous quitter pour aller au fond d'une forge apprêter la soupe et réparer les blouses d'un batteur d'enclume! Au moins, j'ai bien défendu au maréchal d'approcher de ma bonne avec ses mains noires et sa face enfumée. »

Mais un vieux serviteur de la maison, que l'on appelait le docteur à cause de sa disposition habituelle à moraliser, ce qu'il faisait toujours avec un remarquable bon sens, assaisonné par malheur d'un grain de misanthropie, dit à Alfred :

« Abstenez-vous de plaindre votre bonne pour les désagréments de sa nouvelle condition : elle est l'épouse d'un habile et laborieux ouvrier; elle a reçu, avec les utiles cadeaux de ses parents et de ses amis, le témoignage flatteur de leur affection. Je vous dis que le soufflet du parrain est un superbe cadeau; c'est avec l'enclume le meuble dispendieux, le meuble essentiel de la forge. Si vous voulez trouver la mariée malheureuse, plaignez-la plutôt de s'être énervée à votre service, d'avoir porté pendant six ans rubans, dentelles et gants blancs; d'avoir vu s'éclaircir son teint et blanchir ses mains pour redevenir sitôt ce qu'elle n'aurait jamais dû cesser d'être : une simple et utile créature, vouée au travail et à la pratique des vertus dont le prix est au ciel.

« Oui, ajouta le bonhomme en forme d'*a-parté*, — car Alfred, mis en fuite par la morale du docteur, ne l'écoutait déjà plus : — oui, c'est encore là un des désordres de notre temps, un des crimes de ce luxe que l'on glorifie, comme le bœuf bénit probablement en lui-même le riche embonpoint qui l'achemine vers l'abattoir[1]. Il ne suffit plus à certaines gens de se couvrir de soie, d'or et de pierreries ; il faut encore, pour étendre les satisfactions de leur vanité, que leur luxe aille s'étaler jusque sur les épaules de leurs serviteurs ; il faut que les honnêtes filles deviennent des précieuses ridicules, ou quelque chose de pis encore, et que les honnêtes garçons se frisent et se pavanent comme des damoiseaux. Et puis vous avez des fils et des filles qui craignent de se salir en embrassant leur père ou leur mère ; et l'on veut après cela que le monde n'aille pas comme il va, c'est-à-dire au rebours de toute raison et de toute justice ! »

[1] Si le raisonnement, d'accord avec la force des choses, ne nous montrait, comme conséquence du sensualisme divinisé, la catastrophe finale des sociétés, l'histoire de l'antiquité unirait son témoignage à celui de notre propre histoire pour déposer sur cette terrible vérité.

LE HÊTRE

Le hêtre est par excellence l'arbre de nos provinces de l'Ouest ; aucun autre n'y acquiert une aussi grande perfection ; c'est peut-être le seul qui n'y soit sujet à aucune maladie ni dépérissement, quel que soit le sol, infertile ou fécond, qu'on lui abandonne. Mais, cultivé isolément ou en avenues, il offre un grand inconvénient : c'est de frapper d'aridité le sol qui l'entoure, soit par les reflets ardents qu'il projette en été, soit par la dispersion de ses feuilles, ennemies de toute végétation superficielle. Les faînes, qu'il produit en grande abondance, donnent une huile peu inférieure en qualité à l'huile d'olive ; mais elles servent communément de nourriture aux pourceaux, qui les prennent au pied de l'arbre et les dépouillent très adroitement de leur écorce.

Le bois de hêtre très compact, peu fibreux, se coupant avec netteté, est surtout employé à la fabrication des sabots, des ustensiles de ménage, et autres pièces de petite dimension. Dans le foyer il donne un feu très clair et un charbon parfait.

On a remarqué que le hêtre était rarement frappé de la foudre.

C'était jour de marché à Saint-James, petite ville de Normandie voisine de la Bretagne. La chaleur était étouffante; M. Bonjean, propriétaire aisé de la campagne, était venu, après son dîner, chercher un peu d'ombre sous un hêtre voisin de la route vicinale que suivaient, au retour du marché, un grand nombre de villageois pour retourner à leurs hameaux.

Ce hêtre était bien l'arbre le plus magnifique qui se pût voir à vingt lieues à la ronde. Sa tête, semblable à celle d'un géant, formait un dôme colossal qui dominait un loin tous les autres arbres. La sombre voûte que projetaient ses immenses rameaux, par leur vigoureux élancement et l'inflexion gracieuse qui ramenait leurs extrémités jusqu'à terre, avait cette majesté qui appartient à la nature seule, et dont nos plus imposants édifices ne sauraient égaler la splendeur. Ses racines, soulevant le sol et se tordant à sa surface, offraient en raccourci les mêmes accidents que présentent, au pied des grandes masses centrales de montagnes, les circonvolutions des vallées et des monts inférieurs. Le regard, en interrogeant d'en bas la voûte de feuillage, plongeait dans de mystérieuses profondeurs et se perdait enfin au sein d'une masse confuse et ténébreuse, et si le ciel se montrait fortuitement par quelque interstice, ce n'était que comme une pâle étoile isolée dans la nuit. Rarement la nue était assez chargée d'orage pour que quelques gouttes de pluie vinssent atteindre les hommes ou les animaux cachés sous ce vaste abri.

Rappelons-nous que M. Bonjean est à prendre le frais sous son hêtre, et que, doué d'organes excellents, il entend sans être vu les conversations des paysans qui reviennent du marché.

« Voilà certainement un bel arbre, dit un cultivateur en s'arrêtant pour le mieux examiner; mais il vole tous les ans plus de dix boisseaux de blé à son propriétaire. Le père Bonjean est riche, c'est vrai; mais, tout riche qu'il est, il me semble que 3 ou 400 francs d'argent comptant, valeur du hêtre, et 25 livres de rente, plus-value de la terre après la chute de l'arbre, ne sont pas à mépriser par le temps qui court, cela vaut bien la gloriole d'entendre dire par-ci par-là : « Le bel arbre de M. Bonjean ! le magnifique hêtre de M. Bonjean ! »

— Il faut, dit un autre, que le propriétaire de cet arbre ne se soit pas éveillé depuis cinquante ans ; il est clair qu'il ne sait ni le prix du bois, ni la valeur du fonds ni celle de l'argent. Un homme de bon sens peut-il sacrifier ainsi deux arpents de bonne terre pour un seul arbre qui, loin de s'améliorer, va dépérir au premier jour ? »

Un charbonnier, qui revenait avec ses sacs vides, supputa le bénéfice qu'il y aurait à faire si M. Bonjean voulait vendre son hêtre à un prix raisonnable. Autant en firent un marchand de bois et un sabotier.

« Je ne me croirais pas volé, dit celui-ci, en donnant à M. Bonjean trente-deux pistoles de son hêtre, et cent sous de pot-de-vin aux marmots. J'aurais là de quoi m'occuper tout l'hiver avec ma famille. Voilà cinq ou six branches dont chacune vaut un arbre entier, et un bel arbre encore. Ma foi, s'il était à vendre, je ne le laisserais pas aller pour trente-cinq pistoles.

— Il paraît, dit un fermier, que le père Bonjean a peur de son arbre. Il voudrait bien le voir à bas, j'en réponds ; mais il craint de n'être pas le plus fort. »

Ce dernier trait piqua au vif M. Bonjean, fortement ébranlé déjà par tous ces propos et par tous ceux que nous n'avons pas rapportés. La chute de l'arbre fut résolue; mais le jeter bas n'était pas l'affaire d'une heure ni d'une journée.

M. Bonjean médita longtemps son plan d'attaque. Enfin, un beau jour il était au pied du grand hêtre avec une escouade d'exécuteurs armés pour l'assaut, lorsqu'on vit passer un élégant équipage.

« Ah! dit M. Bonjean, je m'en souviens, c'est aujourd'hui que M. le marquis fête, avec ses amis, la bienvenue de sa belle-fille; on parle d'un dîner de cinquante couverts; me voilà, ma foi, on ne peut mieux placé pour voir défiler ces dames et ces messieurs, tout en dirigeant mes travaux. Le chemin n'est pas facile; il faudra bien que leurs chevaux se mettent au petit pas pour monter cette côte; j'aurai tout le temps de les examiner. »

Et M. Bonjean se cacha derrière un des rameaux pendants de son arbre.

Le premier qui passa, se rendant au dîner du marquis, fut le jeune comte de Beaujour, chasseur et poète, accompagné de la jeune comtesse, artiste et grande dame.

« Dieu me pardonne! dit le comte, je crois qu'on mutile ce beau hêtre. M. Bonjean m'en rendra raison; cet arbre m'appartient autant qu'à lui, plus qu'à lui, car je jurerais qu'il ne sait pas en jouir : c'est l'ornement de ma perspective, morbleu! c'est le but de nos promenades, lorsque mes amis de Paris ou de Bretagne me prient de les mettre en rapport avec les curiosités du canton.

— C'est affreux de la part de M. Bonjean! dit la comtesse; le procédé est maussade venant d'un homme à qui nous n'avons fait que des politesses ; c'est du vandalisme de la pire espèce ; c'est, de plus, un crime de lèse-galanterie! Je comptais un de ces jours venir m'ennuyer un quart d'heure avec M. Bonjean, pour me faire inviter à déposer chez lui mon bagage d'artiste, pendant les deux à trois jours que je devais employer à faire le portrait de son arbre. Ah! monsieur Bonjean! monsieur Bonjean! vous êtes un ingrat!... Vous ignoriez, il est vrai, la faveur que je réservais à votre arbre et à vous-même; sans cela... »

Un vieux baron qui suivait à pied sa berline, ne put contenir son indignation :

« C'est une honte, dit-il, que de détruire ainsi la merveille du pays. Parbleu! si ce monsieur a si grand besoin d'argent, que ne venait-il me trouver ? Il n'est pas tellement avide, peut-être, que je ne puisse bien le satisfaire, Un pareil arbre devrait tomber de vétusté. Mais c'est un monument ! un véritable monument ! »

Vint ensuite le chevalier Duplessis, antiquaire et généalogiste. Entendant le bruit de la cognée, et n'en pouvant croire ses oreilles, il fit tout exprès arrêter son coupé pour voir ce qui se passait *sub tegmine fagi*.

« Honte ! impiété ! s'écria-t-il ; abattre le témoin de deux cent cinquante années de notre histoire, le seul reste vivant de la futaie d'Arlour, qui était elle-même un débris de la forêt d'Antoire, ce précieux vestige de l'immense réseau forestier qui embrassa jadis notre patrie. Abattre ainsi l'arbre historique au pied duquel s'embusqua, en 1794, le célèbre Boisguillaume avec les quinze braves qui enlevèrent le convoi de poudre destiné à la garnison républicaine de Saint-James ; le seul arbre de son espèce qui, de mémoire d'homme, ait été frappé de la foudre en ce canton, et cela le jour même où le fameux aéronaute Nicolas Blanchard parvenait à traverser la Manche de Douvre à Calais !!! C'est aussi sur les racines de cet arbre que daigna s'asseoir, il y a quelques années, notre savant et illustre compatriote Derville, lorsqu'il m'honora de sa visite ; et nous eûmes ici une de ces conversations qui devraient être burinées pour la postérité ! Allons ! il faut n'avoir pas de sentiments pour infliger un tel opprobre à notre contrée ! M. Bonjean n'est qu'un pleutre, un iconoclaste ; et c'est à un tel homme que j'ai donné ma voix pour le conseil d'arrondissement !!! »

D'autres messieurs passèrent encore, et ce furent à chaque fois de nouvelles lamentations sur le sort du vieux hêtre, nouvelles invectives contre le vandalisme du propriétaire.

« Un arbre que j'aurais payé deux cents louis, s'il eût été possible de le transplanter sur le bord de mon étang ! disait l'un.

— Mais rien n'est plus imposant ni plus aristocratique autour d'une habitation ; cela ne s'achète pas plus que des quartiers de noblesse !

— Il faut, en vérité, que le propriétaire de cet arbre soit tout ce qui peut se voir de plus cuistre et de plus fesse-matthieu !!! »

Cependant M. Bonjean passait de la colère à la confusion, de l'endurcissement au repentir.

Enfin stupéfait, couvert de honte, subissant malgré lui l'influence des hommes supérieurs qui l'avaient réprouvé, il n'essaya plus de dissimuler à lui-même l'énormité de son action.

« Assez ! mes amis, dit-il à ses ouvriers ; j'ai pour ce vieil arbre plus de tendresse que je ne le croyais moi-même. Je lui fais grâce. »

Quel fut le plus sage, de M. Bonjean armé de la cognée ou de M. Bonjean conservateur ?

Qui louerons-nous plus volontiers de M. Bonjean subissant l'influence des habitués du marché de Saint-James, où de M. Bonjean subjugué par les convives du marquis ?

Tout en honorant celui-ci d'une instinctive sympathie, nous ne saurions refuser au premier notre assentiment très formel. La question, en effet, se réduit à ceci : Que devons-nous plus estimer de l'action ou de la rêverie, de la vie réelle ou de la vie contemplative, de l'artisan ou de l'artiste ?

LE CIDRE

Antoine, fils d'un honnête fermier de Normandie, avait acquis, durant un séjour de plusieurs années dans la capitale, le droit de porter un habit de drap fin, une canne de jonc et des bottes vernies. Ses manières étaient à l'avenant. La stagnation des affaires ayant contraint le négociant qu'il servait à congédier la plupart de ses commis, et Antoine avec eux, celui-ci se souvint alors de son père et de la ferme où il avait passé son enfance. Son retour fut salué joyeusement par toute la famille ; et comme en Normandie, plus encore que partout ailleurs, la table est communément le centre attractif des êtres que rapproche une commune allégresse, on ne tarda pas à y prendre place, en compagnie de quelques bonnes gens dont le voisinage avait fait des amis.

« Dieu merci, mon garçon, dit le père, je

veux te verser aujourd'hui le meilleur cidre
qu'il n'y ait pas à dix lieues à la ronde [1];
le roi n'en boit pas de meilleur, pour sûr.
Ma foi, j'ai refusé cinquante écus du tonneau,
et je ne me repens pas de l'avoir gardé,
puisque j'ai le plaisir d'en boire avec mon
pauvre Antoine. Ton verre, mon garçon, ton
verre !

— Oui, dit Pierre, le fils aîné de la ferme,
ce n'est pas parce que j'y ai mis la main;
mais on ne peut rien avaler de plus franc ni
plus droit en goût. Il est orient comme un feu !

— C'est coulant comme du vin, ajouta la
ménagère.

— Il est gracieux, votre cidre, reprit une
voisine, et doux à la bouche; avec ça que tout
le corps s'en trouve bien. C'est grand dom-
mage en vérité, qu'il n'y en ait pas autant
dans chaque ménage, on ne verrait peut-être
pas les hommes si emportés pour le cabaret,
et ce serait bien heureux pour les pauvres
femmes.

— On peut dire qu'il est vrai cidre, celui-là,
s'écria le garçon de ferme en posant bruyam-
ment son verre sur la table.

— Vrai cidre et bon Français, mes amis !

---

[1] On nous pardonnera d'avoir, dans ce dialogue normand,
sacrifié, en vue d'une plus grande exactitude, la délicatesse
et la correction du langage.

reprit un ancien troupier, qui avait jadis porté sur sa manche les galons de caporal.

— Oui! oui! vrai Français! bon Français, appuyèrent tous les convives.

— Eh bien! dit le père, eh bien donc, Antoine! tu refuses, je crois; je t'ai vu bon autrefois; ce n'est cependant pas pour le roi de Prusse qu'on a percé le tonneau ce matin même. Ah çà! mais qu'as-tu donc aujourd'hui?

— Mon Dieu! dit Antoine, le cidre me fait un drôle d'effet, je n'en aime pas l'odeur. »

Si, dépouillant sa face grimée de fatuité parisienne, Antoine eût tout à coup démasqué le visage d'un traître, l'effet n'eût pas été plus foudroyant que ne le furent ces tristes paroles. C'était tout bonnement un coup de massue frappé de main de maître sur la joie expansive de tous ces braves gens; et par qui encore? par le roi de la fête! Eût-il été certain, grâce au bienfait du cidre, de passer le reste du jour et de la nuit encore dans des coliques atroces, il est évident pour tout homme bien élevé qu'Antoine devait ratifier, le verre en main, tous les éloges prodigués au bon cidre de la maison paternelle.

En agissant autrement, il chassa la joie du festin. Les convives échangèrent des regards d'intelligence qui n'avaient rien de flatteur pour Antoine. Le cidre, si radieux quelques minutes auparavant, et qui tombait dans les verres en bruyantes cascades, se mit à couler sourdement, obscurément, comme une puissance déchue qui a honte de se produire.

Il trouva un vengeur.

« Antoine! Antoine! dit le troupier qui, d'un seul mot, avait si noblement glorifié le cidre, je t'ai vu naître, mon enfant, et ma qualité de vieux soldat me donne le droit de te parler la bouche ouverte, comme à mon propre fils, quoi! Eh bien! j'ai vu des hommes, des hommes, entends-tu? et non des freluquets, qui avaient quitté le pays depuis bien des années, qui avaient bu du vin de bien des crus, et des meilleurs encore; j'en ai connu qui étaient partis en sabots, et qui revenaient au pays avec des épaulettes à graine d'épinards; ils avaient manié autre chose que l'aune de Paris, ceux-là, hein! Eh bien! je le dis à ta barbe, mon petit bonhomme : après avoir embrassé père, mère, frères, sœurs et les camarades, ils n'avaient pas de plus grand contentement que de renouveler connaissance avec la tasse de grès[1] et le pot d'étain, au

---

[1] Il y a peu de temps encore, les verres à boire étaient peu usités dans nos campagnes; le cidre se buvait généralement dans des tasses de grès, et chacun sait que l'avidité des consommateurs n'en était pas moins remarquable.

milieu de leurs parents et de leurs amis, bien entendu. Tiens, mon garçon, si tu avais un peu plus de cœur sous le bouton doré de ton bel habit, tu te garderais bien de mépriser ce qui enrichit ton père, ce qui restaure tes frères et les fortifie pour leurs durs travaux, ce qui fait la joie de nos fêtes et même de nos fatigues, ce que tu trouvais fort bon toi-même avant d'avoir fait connaissance avec le vin frelaté et toutes les autres impostures de la grande ville. Vois-tu ces pommiers qui se serrent autour de la maison comme de vieux amis, et que tu appelais tous par les noms de leurs espèces, il n'y a pas bien longtemps? Oublies-tu que ton aïeul les a plantés; que tes sœurs en ont serré les fruits, et que le travail de tes frères en a fait sortir la liqueur que nous buvons ici à ton heureux retour? Dieu veuille que je me trompe, mais je crains bien que le cidre ne soit pas le seul ami de ton enfance auquel tu aies tourné le dos. »

Nous disions qu'il y avait du bon et du très bon dans ce morceau d'éloquence troupière. Tout homme qui s'élève, par la dignité ou par l'habit, au-dessus de la condition de ses parents, doit savoir s'y réintégrer lui-même avec joie quand l'occasion lui en est offerte.

LES AFFICHES

Les affiches offrent à l'homme oisif un passe-temps varié et instructif, au moraliste un sujet d'intarissables observations. Tout s'y trouve, depuis le sermon de charité jusqu'au roman immonde qui fera la fortune d'un grave journal ; depuis le chien perdu jusqu'à l'homme mis en vente par un spéculateur éhonté ; depuis la corbeille de la mariée et son voile sans tache jusqu'aux aromates offerts aux hôtes du sépulcre pour perpétuer l'œuvre de la mort. Là s'étalent sans vergogne nos mœurs mêlées d'atticisme et de barbarie, de délicatesse et de corruption.

Des passants étaient arrêtés au coin d'une rue, et la muraille, couverte d'affiches, se dressait devant eux comme un immense in-folio. L'un lisait lentement et à demi-voix, comme font les gens peu lettrés, *la taxe du pain*. Près de lui, deux jeunes gens, Tony et Casimir, se donnant le bras, parcouraient une pancarte colossale, imprimée sur papier rose. C'était le programme d'une grande soirée dramatique.

« Encore de la hausse! dit avec humeur le client du boulanger; il serait temps cependant que cela finît.

— Quelle ravissante soirée! s'écriait de son côté Casimir en coudoyant amicalement son compagnon : Cerrito, Rachel, Alboni, rien n'y manque!

— Coquin de sort! continuait, en se parlant à lui-même, le lecteur illettré, je comptais sur un pain de douze livres, et, grâce à cette maudite hausse, voilà qu'il me manque trois sous et demi pour y arriver. Pour peu que cela dure, il faudra que le pauvre monde meure de faim. Ce sera petite perte, à la vérité, et le plus tôt sera le mieux.

— Ah! ah! disait Tony, voilà qui ne conviendrait pas à tout le monde : quinze francs les stalles d'orchestre, sept francs le parterre, et le reste à proportion. C'est bien fait, c'est bien fait; je ne connais que ce moyen pour empêcher *la canaille* d'envahir la salle. Allons, à ce soir le grand assaut d'élégance, de richesse et de bon ton! Mais qu'est-ce donc que le voisin marmottait tout à l'heure entre ses dents ? Il trouve que c'est trop cher, je crois ? »

L'homme du peuple, dont la susceptibilité était servie par d'excellents organes, avait entendu la conversation des deux étourdis.

« Le voisin, reprit - il à haute voix, était à son affaire, et non à la vôtre. Du reste, en vous entendant parler comme vous faites, il se disait à lui-même que ces messieurs feraient bien de laisser purement et simplement *la canaille* à son malheureux sort, sans mêler injurieusement son nom à leurs gentillesses. Non, Messieurs, vous n'avez pas à craindre, pour vos plaisirs, la concurrence de *la canaille*, quand le pain est à quarante-cinq centimes le kilogramme. Mais vous ne vous inquiétez guère de pareilles bagatelles, vous autres enfants gâtés. »

Pour toute réponse à cette incartade, Tony fit sortir de sa moustache un léger nuage de fumée; et, de son gant jaune, brossa dédaigneusement la manche de son paletot, qui s'était trouvée en contact avec la blouse de l'ouvrier.

Mais, en retour de ce geste irréfléchi, le prolétaire, croisant deux bras robustes sur une large poitrine, se mit à regarder fixement les deux viveurs, qui affectèrent de ne tenir aucun compte de sa pantomime.

Cependant, entre la taxe du pain et le programme de la ravissante soirée, s'intercalait une affiche d'une tout autre nature : c'était l'annonce d'un sermon de charité pour lequel, à cette heure même, on rangeait les chaises dans l'église voisine. L'homme en blouse était sans ouvrage, les deux jeunes gens étaient sans amusement en attendant l'heure tardive du spectacle. Tous trois, comme de concert, se réfugièrent dans l'église : l'un appelé dans le lieu saint par un souvenir d'enfance, et aussi par l'air tiède qu'on y respirait en plein hiver, les autres attirés par le renom du prédicateur, et l'attrait inséparable pour eux de toute réunion où l'élément aristocratique apportait un peu de son élégance.

Tout le mérite de l'orateur distingué qui vint occuper la chaire était dans la clarté, l'onction et la simplicité toute familière avec lesquelles il exposait les plus touchantes vérités de la foi. Les passions mauvaises, la haine surtout, s'éteignaient à sa voix, comme la colère d'un enfant bien né sous les baisers de sa mère. On eût dit qu'il avait entendu le divin Maître prêchant sur la montagne, et qu'il s'était fait son disciple en éloquence comme en religion.

Au sortir de l'église, Tony, visiblement ému, aperçut l'ouvrier qu'il avait eu le malheur d'offenser; et se plaçant sur son passage, il lui présenta l'eau bénite. Le prolétaire accepta gracieusement cette politesse, et serra la main du jeune homme avec une cordialité si énergique, que celui-ci se crut victime d'une vengeance adroitement dissimulée. Mais, mieux inspiré, il comprit que cette vigoureuse étreinte voulait dire : Dès lors que vous me traitez en frère, mon dévouement et ma force sont à votre service.

Entre le pauvre et le riche plaçons l'Évangile : sur cette charte, et sur elle seule, pourra être scellée une paix durable.

FIN

TABLE

16096. — Tours, impr. Mame.